孙子兵法

—— 第六册

上海人民美术出版社
浙江人民美术出版社

目 录

—— 原文 ——

孙子曰：凡用兵之法，驰车千驷，革车千乘，带甲十万，千里馈粮；则内外之费，宾客之用，胶漆之材，车甲之奉，日费千金，然后十万之师举矣。

其用战也，胜久则钝兵挫锐，攻城则力屈，久暴师则国用不足。夫钝兵挫锐，屈力殚货，则诸侯乘其弊而起，虽有智者，不能善其后矣。故兵闻拙速，未睹巧之久也。夫兵久而国利者，未之有也。故不尽知用兵之害者，则不能尽知用兵之利也。

善用兵者，役不再籍，粮不三载，取用于国，因粮于敌，故军食可足也。

国之贫于师者：远师者远输，远输则百姓贫。近师者贵卖，贵卖则财竭，财竭则急于丘役。屈力中原，内虚于家，百姓之费十去其七；公家之费，破车罢马，甲胄矢弩，戟盾矛橹，丘牛大车，十去其六。

故智将务食于敌，食敌一钟，当吾二十钟；萁秆一石，当吾二十石。

故杀敌者，怒也；取敌之利者，货也。故车战，得车十乘已上，赏其先得者，而更其旌旗，车杂而乘之，卒善而养之，是谓胜敌而益强。

故兵贵胜，不贵久。

故知兵之将，民之司命，国家安危之主也。

孙子说：凡用兵作战的一般规律是，要动用轻型战车千辆，重型战车千辆，军队十万，还要越境千里运送军粮；那么前方后方的经费，款待使节、游士的用度，作战器材的费用，车辆兵甲的维修开支，每天都要耗资巨万，然后十万大军才能出动。

用这样的军队去作战，就要求速胜，旷日持久就会使军队疲惫、锐气挫伤，攻城就会使兵力耗损，军队长期在外作战，会使国家财政发生困难。如果军队疲惫、锐气挫伤、军力耗尽、国家经济枯竭，那么诸侯列国就会乘此危机前来进攻，那时即使有足智多谋的人，也无法挽回危局了。所以，在军事上，只听说过指挥虽拙但求速胜，没见过为讲究指挥工巧而追求旷日持久的现象。战争久拖不决而对国家有利的情形，从来不曾有过。所以，不完全了解用兵有害方面的人，也就不能完全了解用兵的有利方面。

善于用兵打仗的人，兵员不再次征集，粮秣不多次运送，武器装备从国内取用，粮食饲料在敌国补充，这样，军队的粮草供给就充足了。

国家之所以因用兵而贫困的，就是由于军队远征，远道运输。军队远征，远道运输，就会使百姓世族贫困。临近驻军的地方物价必然飞涨，物价飞涨就会使国家财政枯竭，国家因财政枯竭就急于加重赋役。战场上军力耗尽，国内便家家空虚，百姓世族的财产将会耗去十分之七；政府的财力，也会由于车辆的损坏，战马的疲敝，盔甲、箭弩、戟盾、矛橹的制作补充以及丘牛大车的征用，而损失掉十分之六。

所以，明智的将领务求在敌国解决粮草供应问题，消耗敌国的一钟粮食，相当于从本国运输二十钟；动用敌国的一石草料，等同于从本国运送二十石。

要使军队英勇杀敌，就应激励部队的士气；要使军队剥夺敌人的有利条件，就必须依靠财货奖赏。所以，在车战中，凡是缴获战车十辆以上的，就奖赏最先夺得战车的人，并且换上我军的旗帜，混合编入自己的战车行列。对于敌俘，要优待和使用他们，这就是所谓愈是战胜敌人，愈是增强自己。

因此，用兵贵在速战速决，而不宜旷日持久。

懂得如何用兵的将帅，是民众生死的掌握者，国家安危的主宰。

内容提要

孙子在本篇中主要论述了速战速决的进攻战略及其客观必要性。

孙子系统、全面地分析了战争对人力、物力和财力的巨大依赖关系。这种依赖关系，在当时生产力水平比较低下，战争规模、战争方式比较原始，诸侯国林立，容易陷入两面作战困境这一特定历史条件之下，不可避免地决定了进攻作战中"速战速决"的极端重要和"旷日持久"的极大危害。据此，孙子明确主张，在准备、实施战争活动过程中，必须树立"兵贵胜，不贵久"的作战指导思想，力求速决，避免顿兵坚城；高度警惕，防止陷入两面作战的不利地位。

为了保证速战速决进攻战略方针的顺利贯彻实施，解决战争耗费巨大与后勤补给困难之间的矛盾，孙子提出了"因粮于敌"的重要原则，主张在敌国就地解决粮草补给，减少财政开支和人民负担。同时，孙子还主张通过奖赏军功、善待敌俘等手段来壮大发展自己的实力，达到"胜敌而益强"的目的。

齐湣王久暴兵师自殒身

编文: 晨　元

绘画: 盛元龙　励　钊

原　文　其用战也，胜久则钝兵挫锐，攻城则力屈，久暴师则国用不足。夫钝兵挫锐，屈力殚货，则诸侯乘其弊而起，虽有智者，不能善其后矣。

译　文　用这样的军队去作战，就要求速胜，旷日持久就会使军队疲惫、锐气挫伤，攻城就会使兵力耗损，军队长期在外作战，会使国家财政发生困难，如果军队疲惫、锐气挫伤、军力耗尽、国家经济枯竭，那么诸侯列国就会乘此危机前来进攻，那时即使有足智多谋的人，也无法挽回危局了。

1. 战国中期，齐国与秦国两强东西对峙。周赧王元年（公元前314年），齐宣王乘燕国为争夺君位而内乱之际，攻入燕都蓟（今北京西南），杀死前燕王哙以及四年前禅让接位的子之。

4

2. 齐军在燕国大肆烧杀抢掠，激起燕国百姓的愤怒，纷纷起来反抗。中原各诸侯国也准备出兵救燕，齐被迫撤军。

3. 燕国贵族拥立太子平为王，即燕昭王。燕昭王于周赧王三年（公元前312年）即位后，表面上对齐忠顺，暗中重用苏秦、乐毅等贤士，改革内政，欲报齐破国之耻。

4. 燕昭王与燕相苏秦秘密商定打击齐国的策略：要使齐国"西劳于宋，南疲于楚"，即让齐国两面作战，国力受到重大削弱后，再乘机打击齐国。公元前301年，燕昭王派苏秦入齐，实施这一计划。

5. 苏秦入齐不久，齐宣王逝世，齐湣王即位。苏秦以厚礼贿赂齐国的宠臣淳于髡，取得了齐湣王的信任。

6. 齐湣王恃强好战，又有苏秦推波助澜，即位当年就与秦、韩、魏联军攻楚，杀楚将唐眜（mò），占领重丘（今河南沁阳东北）。楚王以太子横入齐为质，双方暂修和好。

7. 周赧王十七年（公元前298年），齐湣王又联合韩、魏进攻秦国，历时三年，攻击函谷关（今河南灵宝东北），迫使秦国求和。

8. 齐、魏、韩三国联军从秦境撤出后，又乘得胜余威进攻燕国，击败燕国三军，擒获燕军二将，大胜而还。

9. 齐湣王几次征战获胜后，日益骄横，以霸主自居，韩、魏两国对齐也多有不满。燕昭王召见已回燕国的苏秦商议。苏秦认为，要打击齐国，必须先拆散齐、韩、魏三国联盟，孤立齐国。

10. 这时，正逢宋国内乱，政局不稳。宋都定陶（今山东定陶西北）是当时中原最繁华的都市，各国都垂涎已久，如能诱使齐湣王灭宋，各国必来争夺，这样，必置齐国于三面受敌的境地。为达这一目的，公元前288年，燕昭王再次派苏秦赴齐。

11. 苏秦到达齐国，正好秦昭王的使臣穰侯魏冉也在齐国。此时，秦昭王已自立为西帝，为拉拢齐国，特派使尊立齐湣王为东帝，相约联兵伐赵，共分赵地。

12. 齐湣王征询苏秦的意见。苏秦立即说："齐、秦两帝并立，天下诸侯各国只会尊重秦国而不会尊重齐国。如果齐国不用帝号，天下就会亲近齐国而憎恨秦国，而且攻赵不如攻宋更为有利。"

13. 苏秦劝说齐湣王合纵攻秦，利用各国攻秦的时机吞并宋国。齐湣王心想这样既可削弱强秦，又能吞宋，于是就不用帝号，转而与各国合纵攻秦。

14. 周赧王二十八年（公元前287年），齐、赵、韩、魏、楚五国攻秦。燕昭王见齐湣王已堕入苏秦的圈套，一面派兵随军攻秦，一面又派兵助齐攻宋。齐湣王认为燕国如此忠顺，就撤走北边防燕守军，全力对付秦、宋两国。

15. 秦国见合纵声势浩大，为了摆脱困境，被迫废除帝号，归还过去夺取的魏、赵土地。

16. 周赧王二十九年（公元前286年），齐国再次出兵攻宋，灭掉了宋国。

17. 齐湣王败秦灭宋之后，更加骄横。强占原楚国的淮北（今江苏淮水北岸一带）地区，并两次兵逼三晋（韩、魏、赵），声称要吞并周室，取代周天子。泗水流域的小国都被迫向齐称臣。

18. 各国为了自保，纷纷反齐。齐国由于连年征战，国力日耗，百姓怨声载道。

19. 燕昭王见攻齐时机已到，便召大将乐毅商议攻齐对策。乐毅说："齐国强盛，地大人众，燕还不能单独攻齐，大王应联合赵、楚和魏才能成功。"

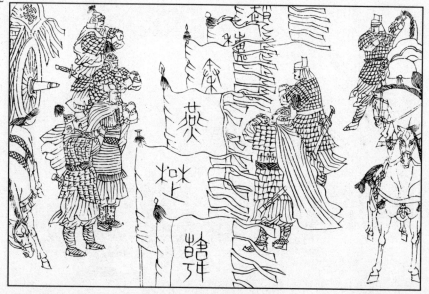

20. 燕昭王采纳了乐毅的意见，派使者联络魏、楚，又专派乐毅赴赵，让赵劝说秦国共同伐齐。强秦加入，其他各国也都争相合纵，与燕国共谋伐齐。

21. 周赧王三十一年（公元前284年），燕昭王以乐毅为上将军，统率燕、秦、楚、韩、赵、魏六国军队攻齐。齐湣王派触子为将，率领全国军队迎战。

22. 齐军久战兵疲，斗志消沉。齐湣王亲自督师，还派使者警告触子说，你们不打，就要你们的命，挖你们的祖坟。

23. 于是，齐军将士离心，不愿再战。济西（今山东高唐、聊城一带）一战，齐军大败，触子弃军逃亡，下落不明。

24. 乐毅率诸军乘胜追逐，占领齐国都城临淄（今山东临淄北）。齐湣王仓皇出逃。

25. 齐湣王逃至莒（今山东莒县）。楚国佯以救齐为名，又派淖齿率兵入齐，齐湣王幻想借楚军力量抵抗燕军，就委任淖齿为相。

26. 淖齿乘机劫杀齐湣王，夺回淮北之地。齐国被乐毅攻下七十余城，几乎亡国。

战 例 **晋厉公速战歼秦军**

编文：王素一

绘画：黄镇中

原　文　兵闻拙速，未睹巧之久也。

译　文　在军事上，只听说过指挥虽拙但求速胜，没见过为讲究指挥工巧而追求旷日持久的现象。

1. 秦晋麻隧（今陕西泾阳）之战，发生在周简王八年（公元前578年）。在战争发生之前，晋国做了许多准备工作。从晋景公开始，到景公的儿子晋厉公，一直做了十年的准备。目的是打击晋国西边的秦国，以兴霸业。

2. 首先，晋景公以极隆重的礼节欢迎从东边来结盟的齐国贵宾，并归还给齐国一片去年割让出来的土地。齐顷公十分感激，放弃了齐楚联盟对付晋的打算。

3. 第二，晋景公又采取"联吴制楚"的策略，派军事教练带了少量的晋兵和战车，路远迢迢地奔赴东南沿海的吴国，教吴军车战和步战的战法，使吴国兴起，以牵制晋国的近邻楚国。

4. 第三，在联齐、联吴制楚获得成功后，就用计拆散秦楚联盟，以便各
个击破。晋景公得悉吴国已在侵扰楚国，就于公元前582年冬释放了早
年被俘的楚将钟仪归楚，使晋楚的关系趋向缓和。

5. 又经过两三年的外交活动，晋楚两国各派大臣在宋国的国都（今河南商丘南）会面，约定"互不侵犯"，"若有害楚，则晋伐之；害晋，则楚伐之"。

6. 公元前580年，晋厉公即位，对秦国进行和好的试探，与秦桓公在令狐（今山西临猗西）结盟。当时，晋大夫士燮就私下对晋厉公说：秦桓公毫无诚意。

7. 秦桓公回国后，果然背弃了结盟所许的诺言，派人去楚国、狄族，共谋伐晋。

38

8. 楚国拒绝了秦桓公的要求，并将秦国的意图派人告诉了晋国。

9. 公元前579年秋，秦国约狄族人进攻晋国。晋国在东南方的威胁已解除，就可全力对秦、狄作战，在交刚（今山西隰县南）击败了秦、狄军。

10. 接着，晋厉公认为攻秦的时机已成熟，并且在道理上站得住，遂派大夫吕相赴秦，宣布与秦绝交，发表了一篇春秋历史上行文最长的讨伐宣言。

11. 楚国了解到这篇宣言的内容后，觉得晋国伐秦是两国历史上的积怨造成的，而且晋原想谋和，秦无诚意，背信弃义，晋国迫不得已才用兵的。所以决定不参与晋秦的战争。

12. 公元前578年，晋军在出战前又作了周密的策划。晋厉公和大臣们分析：第一，东南诸国与晋国的结盟并不牢固，尤其是楚国，一向与秦为友，目前仅仅是要对付吴国才与晋言和的……

13. 第二，应会合齐、宋等八个盟国的军队伐秦，以加深这些盟国与秦的破裂；第三，要彻底打击秦国，使其不再成为晋国西边之患。因此，必须速战速决，不能旷日持久。

14. 五月，晋国集本国大军，加上八国盟军共十二万人，开赴秦国，直逼秦的国门。

15. 秦国调全国兵力约四五万人进行抵御，东渡泾水，来到麻隧与晋军对阵。

16. 秦军刚过泾水不久，晋军立即展开突然攻击。秦军立足未稳，匆忙应战，很快被晋军所败；而背后为泾水所阻，在泾水以东的秦军全部被歼，损失极其惨重。

17. 有的盟军将士还未能参战，建议晋厉公乘胜渡过泾河，直取秦国都城。

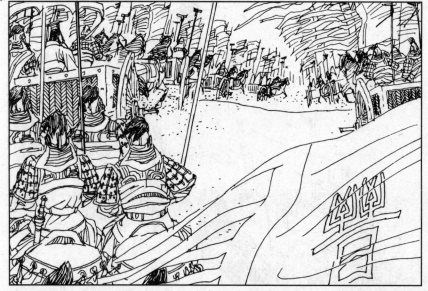

18. 晋厉公担心楚国乘虚而入，见此时已重创秦军主力，目的已经达到，遂下令还师。此次麻隧之战兴兵之多，用兵之速，均打破春秋历史纪录。

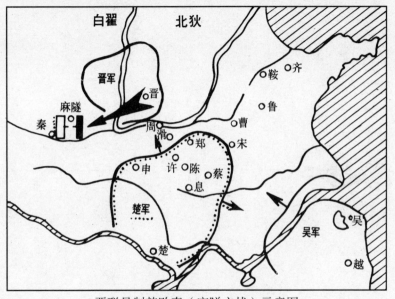

晋联吴制楚败秦（麻隧之战）示意图

孙 子 兵 法
SUN ZI BING FA

战 例 ## 秦伯图利忘害败于殽

编文：王素一

绘画：陈亚非 安 淮

原　文　不尽知用兵之害者，则不能尽知用兵之利也。

译　文　不完全了解用兵有害方面的人，也就不能完全了解用兵的有利方面。

1. 秦国自穆公即位以来，重用贤能，国势逐渐强盛。于是觉得自己的领土太狭小，常想扩张。周襄王二十四年（公元前628年），秦国驻郑国的大夫杞子派人回国向秦穆公报告一个好消息。

2. 杞子在信中写道："郑国将都城北门的钥匙交给我管了。如果大王派兵秘密来郑，就可以得到郑国。"秦穆公暗想：晋、郑两国国君近日相继去世，如乘发丧之机兴兵击郑，从此可进入中原了。

3. 秦穆公征询上大夫蹇叔的意见。蹇叔说："郑是小国，远在千里之外。我军长途远征，岂能保守秘密？欲攻有备之敌，很难取胜；即使获胜，亦无利可图；万一失败，则损失惨重。"

4. 秦穆公热衷于扩张地盘，不听蹇叔的意见，派百里奚的儿子孟明视、蹇叔的儿子西乞术和白乙丙三人为将，领兵向东远征。

5. 蹇叔十分担忧，在军队出发那天，他哭着对两个儿子和孟明视说：
"我看着你们出发，再也看不到你们回来了。这次远征，晋国必然出兵
到殽山（今河南洛宁西北）来堵击。殽山有二陵（大山），地势险恶。
我得去那里收你们的尸骨了。"

6. 秦军出发后，过殽山，经洛邑（今河南洛阳），抵达滑国国境（今河南偃师东南、嵩山西北）。这时，有个郑国的贩牛商人弦高，获知秦军将偷袭郑国的消息，冒充郑国使臣求见孟明视。

7. 弦高对孟明视说:"郑国的国君听说贵军要来郑国,特派我献上薄礼熟牛皮四张、牛十二头,以助犒赏。"

8. 同时，弦高急派人赶赴郑都报告郑国国君：秦军将偷袭郑国，请速作迎战准备。

61

9. 孟明视考虑到郑国已经获得消息，必然做好准备，知道偷袭已不可能；如进军去围攻，孤军深入，又无后援，难以成功。遂下令停止前进，驻军于滑国境内。

10. 秦军在进退两难之际，孟明视为了不虚此行，下令夜袭滑国，将滑国的财物掳掠一空，满载于兵车之上，撤兵回国。

11. 晋国正在筹办晋文公的丧事，忽然获悉秦军经过桃林、崤函地区东征的消息，晋襄公立即召文武官员议论。大夫先轸说："秦穆公不听蹇叔的忠告，兴师伐郑，贪婪之极。贪婪之敌不可纵，纵则生患。我军应予拦击。"

12. 晋大将栾枝说："秦穆公曾有厚恩于晋文公，今去拦袭，恐怕有违于刚去世的晋文公之意……"先轸说："一日纵敌，将为后世之患。我今为后世考虑，亦无愧于先君。"晋襄公于是决定击秦。

13. 周襄王二十五年（公元前627年）三月末，晋军抵达崤山，在东崤西崤之间及崤陵关裂谷两侧高地设伏，以待秦军进入伏击区后，分段堵击。

66

14. 四月初，秦军自滑国回秦，因兵车重载，行动迟缓。进入崤山后，道路崎岖狭窄，队伍拉得很长。

15. 白乙丙对孟明视说："我父亲再三嘱咐，过殽山要多加小心。军队不能过于分散。"孟明视叹了口气说："过了殽山，就是秦国地界，我去前边开路，你们带兵跟上，快走。"

16. 又走了一段路，发现前边的路被乱木堵死了，没法通过。孟明视知道危难临头，只得故作镇静，吩咐士兵搬开乱木，开路前进。

17. 秦军正在搬动乱木，忽听四周鼓声大作，山谷中旌旗闪动，不知有多少兵马包围过来。前有堵截，后有追兵，都高举晋军旗号，很快就把秦军切成几段。

18. 不多久，秦军或被俘，或被杀，全军覆灭。孟明视、西乞术、白乙丙三个将领都成了晋军的俘虏。

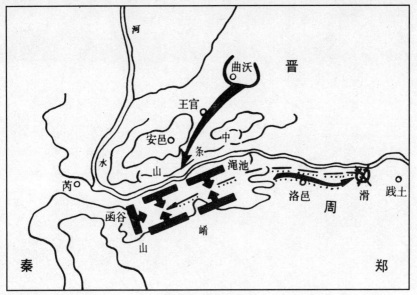

秦晋崤之战示意图

孙 子 兵 法
SUN ZI BING FA

刘邦取粮于敌入关中

编文：赵秀英

绘画：王亦秋

原　文　　因粮于敌，故军食可足也。

译　文　　粮食饲料在敌国补充，这样，军队的粮草供给就充足了。

1. 秦二世二年（公元前208年）闰九月，刘邦受楚怀王派遣，西向入关，直捣秦都咸阳（今陕西咸阳东北）。

2. 此时，虽然秦军主力远在河北，关内兵力不足，但一路重镇、险关都有秦军把守，刘邦率部不过万人，要到达咸阳，仍是困难重重。

3. 刘邦一路进军不断扩编部队，声势渐大。部队在进攻昌邑（今山东巨野南）时，却遭到挫折。

4. 刘邦只好另取道西进，在途经高阳（今河南杞县西）时，士兵来报说："有一位叫郦食其（lì yì jī）的老儒生求见。"刘邦一向讨厌儒生，这时正由两个侍女在给他洗脚，就很随便地说："让他进来。"

5. 郦食其一见刘邦如此傲慢无礼，也不下跪，只是作了个揖。刘邦头也不抬，像没看见一样。

6. 郦食其就高声道："足下带兵到此，是帮助秦打各国呢，还是帮助其他国家灭秦？"刘邦听他如此问话，便大怒道："哪里来的书呆子，难道天下人想灭秦，独我会去助秦？"

7. 郦食其接着道："那么，你为什么接见长者这样傲慢无礼？打仗不能没有计谋，你这样慢待贤士，还有什么人再来献计呢？"

8. 刘邦听他出语非凡，立即停止洗脚，整衣戴帽，恭恭敬敬地扶老人上座，虚心向他求教。

9. 郦食其口若悬河，滔滔不绝地阐述了六国成败的原因。刘邦非常佩服，就问他怎样才能战胜秦国。

10. 郦食其笑笑："足下兵马不过万余，要想直接跟秦兵作战，就好比驱羊入虎口，危险得很！"

11. 刘邦忙问对策，郦食其摸摸胡须，慢条斯理地说："依我之见，不如先去占领陈留（今河南开封东南）。陈留是个交通要道，四通八达，进可战，退可守，而且城中有很多粮食……"

12. 刘邦正愁军粮不足，赶紧问道："先生有何妙策可取陈留？"郦食其说："如果足下想得陈留，我愿效力。陈留县令与我相识多年，可为足下前去劝降。"

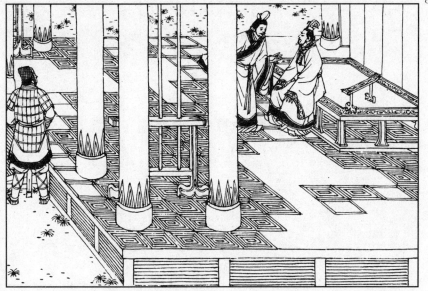

13. 刘邦又问道："陈留县令愿降吗？"郦食其答道："如果他不愿意，则请足下夜间带兵攻城，我在城里作内应。一旦攻下陈留，就在那里招集人马，再进入关中，这可是个上策。"

14. 刘邦十分高兴，忙叫郦食其先去陈留。他说："先生先行一步，我即率领精兵在城外等候。"

15. 郦食其来到陈留，县令见故人到来，即设宴相待。席间，郦食其谈及天下形势，利害得失，县令不为所动，表示愿与城共存亡。

16. 郦食其见话不投机，立刻改变话题，假装与县令讨论如何防守。县令很高兴，痛饮几大觥后，竟烂醉如泥。

17. 当晚，郦食其偷开城门，放刘邦伏兵入城。

92

18. 刘邦的士兵呐喊着冲入县署，杀了醉卧不醒的县令。守军见县令已
死，都纷纷投降。

19. 刘邦入城后，查看粮仓，果然积粮丰满，当即封郦食其为广野君。

20. 刘邦的部队有了足够的军粮，西进途中，不抢不掠，深得百姓拥护，队伍不断扩大。

21. 此后，刘邦军一路进军顺利，于汉高祖元年（公元前206年）十月，屯兵灞上，向秦王子婴发出招降书。

22. 子婴既不能战，又不能守，只好出城投降，秦王朝从此灭亡。

陈胜语激戍卒揭义旗

编文：万莹华

绘画：戴红杰 戴敦邦

原　文　杀敌者，怒也。

译　文　要使军队英勇杀敌，就应激励部队的士气。

1. 秦二世元年（公元前209年）七月，九百余名闾左贫民被派往渔阳（今北京密云），防守边疆，途中被暴雨围困在大泽乡（今安徽宿县境内）。

2. 大雨连日不断，道路阻塞，这九百余名戍卒难以如期抵达渔阳。据秦王朝法律，凡误期者将全部处死。身为戍卒屯长的陈胜、吴广颇为焦虑。

3. 陈胜，字涉，阳城（今河南登封）人。少时受雇为人耕作，曾对同伴说："今后如果富贵，切莫相忘。"同伴说："你不过是个佣工罢了，说什么富贵不富贵！"陈胜见他毫不理解自己，就发出慨叹："嗟乎！燕雀安知鸿鹄之志哉！"

4. 那天，陈胜对另一个屯长吴广说："天下人受秦的苦难已经很久了。秦公子扶苏和楚将项燕一向威望很高，我们借用他们的名义首先起来造反，一定会得到很多人的响应。"

5. 吴广说："对！如今逃跑是死，起义也是死，同样是死，不如拼着一死，干一番大事业！"

6. 次日，他们请来巫师占卜，巫师明白他俩的意思，即说："你们的事业，定有成就，而且会建奇功，但是，需要求得鬼神的帮助。"

7. 陈胜、吴广对视了一下，恍然大悟，赶忙叩谢巫师指教。

8. 不久，戍卒们在剖鱼时，发现鱼腹中有一帛书。展开一看，只见上面写着"陈胜王"三个血红的大字，于是，大为惊异，奔走相告。

9. 深夜，驻地附近的荒庙中不断传来像是狐狸的呼叫声："大楚兴，陈胜王。"戍卒们彻夜惊恐不眠。

10. 翌日，陈胜每到一地，戍卒们都吃惊地看着他。

109

11. 眼见时机已经成熟，吴广就趁两个押送官酒醉，故意说要逃跑，官吏便举鞭毒打吴广。

12. 吴广平时待人和蔼，戍卒多听他的话，见吴广被打，都愤愤不平。
此时，这个押送官又拔出剑来，吴广奋起夺剑，杀死了押送官。

13. 陈胜也赶上相助，杀死了其他两个官吏。

14. 陈胜举剑召集所有戍卒说："大家遇雨，都已经误期，根据他们的法律，误期要处斩。"陈胜停顿了一下，见大家都默然无语，又继续说："即使不被处死而去守边，也有十之六七抛尸他乡。"

15. 戍卒们一片骚动，有人大声说："你说怎么办？"陈胜高声说："壮士不死则罢，死就要死得有个名目，王侯将相难道是天生的吗？！"

16. 陈胜一语，如石破天惊，众戍卒群情激奋，高呼："愿意听从你的指挥。"

17. 众戍卒袒露右臂，斩木为兵，揭竿为旗，用官吏的头祭天，设坛盟誓，自号大楚。

18. 陈胜自立为将军，吴广为都尉，高呼"伐无道，诛暴秦"，率众占领大泽乡。中国历史上的第一次农民起义，就这样爆发了。

商鞅立法奖军功

编文：浦　石

绘画：丁世弼　丁世杰　伯　轲

原　文　　取敌之利者，货也。

译　文　　要使军队剥夺敌人的有利条件，就必须依靠财货奖赏。

1. 战国周显王八年（公元前361年），秦孝公即位。他发奋图强，准备向中原扩展势力。为此，他下了一道命令："宾客群臣中有能出奇计使秦国富强的，我将封他高官，赏他土地。"

2. 秦孝公这道搜罗人才的命令，传到卫鞅的耳中，他十分高兴地收拾行装，西行入秦。卫鞅精通法家学说，但没有得到诸侯重用。

3. 卫鞅到了秦国，托宠臣景监引见秦孝公。卫鞅为试探秦孝公，故意滔滔不绝地谈先王之道，礼治仁政。秦孝公昏昏欲睡，毫无兴趣。

4. 卫鞅再一次求见秦孝公。当他谈到注重农业使国富，奖励军功使国强的富国强兵之术时，秦孝公听得津津有味，竟一起谈了三天三夜。

5. 秦孝公要卫鞅制订改革制度的方案，准备实施，但遭到贵族大臣们的一致反对。秦孝公考虑到自己上台不久，权力未稳，只得暂时歇手。

6. 五年以后，实施改革的条件已经成熟，秦孝公的脚跟也已站稳，于是，就任命卫鞅为左庶长，负责变法。秦孝公对大臣们说："有敢反对卫鞅的就是反对我！"大臣们不敢再多说话。

7. 法令公布以前，卫鞅将一根三丈长的木头立于京城南门，说："如有人能将此木背到北门的，奖金十两。"围看的人很多，议论纷纷，不信有这等好事。

8. 卫鞅见无人动手，又宣布道："有人背木到北门，奖金五十。"有个人为重金所动，将三丈高的木头背到北门，卫鞅果然不食前言，奖励他五十金。此事顿时轰动京城，人人都说卫鞅言而有信。

9. 卫鞅见信誉已立,就公布法令,主要有五条:一、编造户籍;二、兄弟分居;三、奖励军功;四、鼓励耕织;五、烧毁《诗》、《书》。

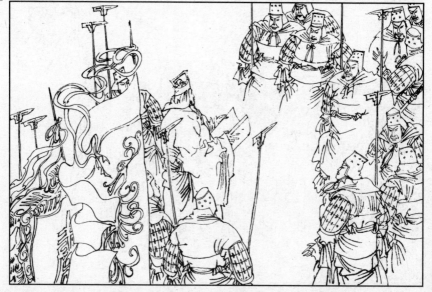

10. 法令中奖励军功这条规定是：无论职位大小，出身高低，均按军功授以爵位。定秦爵为二十级，按爵位等级占有田宅奴婢，享受特定的服饰车骑。此法令传到军营，士兵们无不欢呼雀跃。

11. 法令传到贵族府第，却是一片怨言。法令规定，即使是王族宗室，如若没有军功，不能列入公族的簿籍，不能享受特殊的待遇。

12. 法令还规定，禁止百姓私斗，凡是进行私斗的，按其情节轻重，判处刑罚。这就促使他们为国上阵勇敢杀敌，而不为个人私怨自相残杀。

13. 秦孝公八年（公元前354年），魏、赵发生战争，秦国乘机派军队向魏国进攻。由于军功奖励的法令规定明确，斩敌首一级者升一爵位，士兵们人人争先杀敌。

14. 这一仗大败魏军于元里（今陕西澄城西南），斩敌首七千，并攻下了少梁城（今陕西韩城西南）。获得变法以后军事上的第一次大胜利。

15. 公元前352年，卫鞅由于变法成功，已升任为大良造，此职相当于中原各国的相国，而且兼任武职，统率军队。

16. 这时，中原各国发生激烈的战争。卫鞅亲自率领大军，向魏国进攻。秦军士气高涨，从魏的河西郡一直打到河东郡，并攻下了魏的旧都城安邑（今山西夏县西北），取得了变法后第二次大捷。

17. 第二年，卫鞅又挥师进攻魏国的要塞固阳城，魏国在此筑有防秦国进攻的长城。固阳守军不敌，向卫鞅投降。

18. 变法，使秦国成为强国，可与中原各诸侯大国相抗衡，卫鞅因功受封於、商十五邑，号商君，后称商鞅。秦孝公逝世后，商鞅虽被秦国贵族所害，但他的富国强兵之策，却为后来的统一全国奠定了基础。

李愬善待降将操胜券

编文：余中兮

绘画：翁建明

原　文　卒善而养之，是谓胜敌而益强。

译　文　对于敌俘，要优待和使用他们，这就是所谓愈是战胜敌人，愈是增强自己。

1. 唐宪宗元和九年（公元814年），彰义（彰义、淮宁，均属淮西道，治所在蔡州）节度使吴少阳去世，他的儿子——当时任蔡州（今河南汝南）刺史的吴元济隐匿父丧不报，对外谎称父亲得病，由他自己统领了军务。

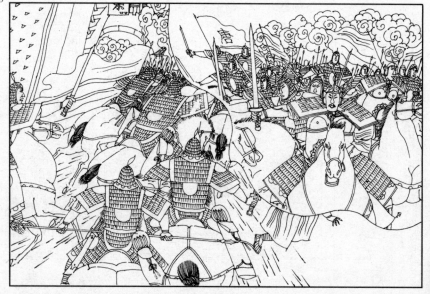

2. 随后，吴元济以蔡州为据点，发兵四出，在淮西烧杀抢掠，公然进行反叛。唐宪宗派人安抚不成，只得调遣各路兵马前往讨伐。

3. 平叛战争持续两年多，仍不见丝毫结束的迹象。长时期的战乱给国家和人民带来了无穷无尽的灾难，尤其是淮西地区，农业生产遭受严重破坏，百姓只得靠采收菱芡、捕猎鱼兽为生。

4. 为了尽快结束战事，太子詹事李愬主动给唐宪宗上书，请求领兵讨伐吴元济。李愬是唐朝著名大将李晟的儿子，青年时代即受到朝廷的重用，历任多种官职，政绩卓著。

5. 当时的新任宰相裴度也认为李愬有军事才能，可以重用。适逢进攻淮西的西路官军连遭败绩，唐宪宗遂命李愬为随、唐、邓节度使，负责西路官军的指挥。

6. 元和十二年（公元817年）正月，李愬到达淮西前线的唐州（今河南
泌阳）。他看到官军将士在屡遭失败之后，普遍怀有惧战心理，士气低
落，军心涣散。

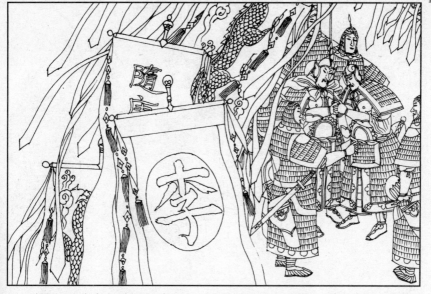

7. 李愬因而决定暂时不主动出击。他首先采取了抚养士卒的策略，坚持与士兵同甘共苦，亲自慰问将士，抚恤伤病人员，让部队战士休养生息。

8. 淮西叛军由于连败两位官军统帅，已经滋生轻敌情绪，现见新任的统帅李愬名望素来不高，到任很久又不采取军事行动，因而就根本不作任何防备。

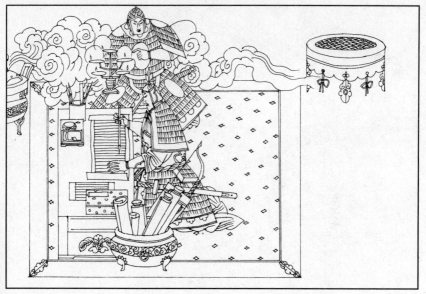

9. 这样，经过几个月的整顿、休养，西线官军已经可以作战了，李愬便着手进攻蔡州。考虑到兵力还不足，他就上表请求朝廷给他增加兵力，朝廷从河中等地调了二千步骑增援他。

10. 李愬于是开始实施"以敌制敌"的斗争策略，即在攻克蔡州城之前，
先拔除蔡州外围据点，迫降和虏获叛军将士，然后通过善待敌俘降将，
来削弱叛军实力，同时增强自身力量，最后达到消灭吴元济的目的。

11. 一天，李愬部将马少良在巡逻时与吴元济手下的捉生虞候丁士良相遇，展开一场恶斗。

12. 最后，丁士良战得精疲力竭，被马少良生擒而归。

13. 马少良押解丁士良胜利回营，闻讯而来的将士，其中不少都在丁士良手中吃过败仗，这时一致要求挖出他的心来解恨。李愬爽快地答应了。

152

14. 丁士良随即被押到李愬跟前。李愬问他死前有何话说，丁士良毫无惧色，镇定自若地说："大丈夫死则死耳，啰嗦什么！"

15. 李愬赞叹道："好一个大丈夫！"即令部下给他松绑。丁士良本打算一死了之，这下可就大大出乎他的意料。

16. 丁士良感激李愬再生之恩，甘愿以死相报。李愬于是给他衣服、兵器，任命他为自己手下的捉生将。

17. 当时蔡州西面有一个重要的外围据点文城栅，由叛将吴秀琳驻守，
唐军曾数攻不克。

18. 丁士良见机向李愬献策道："文城栅之所以难以攻破，都是因为有陈光洽在为吴秀琳出谋划策。公若许可，我就设法去把陈光洽捉来。"李愬欣然表示赞同。

19. 陈光洽虽然有勇有谋，但他有个弱点，就是自视过高，而且喜欢亲自带兵出战。丁士良利用这一点，果然捉获了陈光洽。

20. 吴秀琳由于失去陈光洽为他谋划，被情势所迫，没多久就献出文城栅，率部三千投降。

21. 吴秀琳属下有一员干将，名叫李宪，颇有才勇，李愬替他更名为李忠义，然后让他在身边做事。

160

22. 李愬又命人把文城栅降兵的家属全都迁到唐州，派兵保护起来。由于被连续取得的胜利所鼓舞，官军士气重新振奋起来，人人都有与叛军一决雌雄之志。

23. 与此同时，叛军中却有不少人因见形势不利，纷纷过来向官军投降。

24. 李愬让他们去留自便，对家有父母的，还特别发给衣帛食粟。这些降卒感激不已，都甘愿留下为李愬打仗。

25. 李愬命令部将分兵攻击各个据点，每得降卒，必定亲切接待，多方询问，因而叛军中地形险易、路途远近、兵力虚实无不知晓。

26. 吴秀琳投降后，也为李愬重用，被任命为衙将。李愬和他商量谋取蔡州之事，吴秀琳道："兴桥栅（在文城栅以东）守将李祐是吴元济的健将，骁勇善战，公欲取蔡，非李祐不可！"李愬便令部下留意李祐动向。

27. 一日，探马飞报李愬，说是李祐率领士卒在张柴村割麦。李愬急忙召来了厢虞侯史用诚。

28. 李愬吩咐道："你可先在张柴村那边林中设下三百伏兵。再派人摇旗呐喊，装作要去烧李祐他们割下的麦堆。李祐向来轻视官军，必定会骑马追杀，到时你就命令伏兵突然掩袭，定可生擒李祐！"

29. 史用诚带领部下到了张柴村，按照李愬的嘱咐行事，果然活捉了李祐。

30. 由于李祐在以往的战斗中杀死不少官军,众将都非常恨他,纷纷要求把他杀死。李愬连忙劝退诸将。

31. 他不但不杀，反而亲自为李祐解缚，待为上宾。李祐见李愬如此优待
降将，十分感动，甘愿弃暗投明，为李愬平蔡效力。

32. 这时，蔡州外围据点已有不少被官军拔除。李愬想尽快平定叛乱，加紧了密谋工作。他往往只召集李祐、李忠义等降将在一起筹划，有时直到深更半夜，而其他人却不得预先知道。

33. 诸将对李愬这种把人人切齿痛恨的降将待为上宾，并委以重任的做法，一是不理解，二是不服气，纷纷造谣生事，一时竟弄得军心动摇。

34. 不得已，李愬只好派人将李祐押送朝廷处置。事先上了一道密表，详细地阐述了自己的意图，并且说："李祐是讨伐吴元济不可缺少的将才，如若杀了他，平定蔡州恐怕难以成功。"

35. 唐宪宗甚为赞赏李愬善待降将的做法，下诏赦免了李祐，让他返回到李愬军中。

36. 李愬随即任命李祐为散兵马使，令其佩刀巡警，出入李愬营帐。经过这一番波折，李祐愈加感激李愬对他的信任，不断为李愬出谋献策。

37. 李愬有时就叫李祐与他同睡在一起，两人交首密语，通宵达旦。有人在帐外窃听，因语声极细而听不清，只听到李祐感极而泣的声音。

38. 其他降将见李愬这般信任李祐，也都更加愿意为他拼死效力。没多久，李愬即用李祐的计策，雪夜攻破蔡州，迫降吴元济。

李嗣源用兵神速取大梁

编文：余免成

绘画：杨德康

原 文　兵贵胜，不贵久。

译 文　用兵贵在速战速决，而不宜旷日持久。

1. 后唐同光元年（公元923年）十月，唐军在中都（今山东汶上）大败后梁军，俘获后梁军统帅王彦章。唐主李存勖大开盛筵，宴请将佐。

2. 李存勖举杯对身旁的天平节度使李嗣源道："今日战功，以公为首。来，我敬你一杯！"

3. 李存勖接着对众将道："先前与伪梁交战，只有王彦章一人对我们构成威胁。现在王彦章已就擒，这是天意已欲灭梁了。只是伪梁方面尚有段凝率军驻扎在河上，我军究竟应该怎么行动才好呢？"众将议论纷纷，莫衷一是。

4. 李嗣源起座道："兵贵神速。此去大梁（梁都城，今河南开封）不远，我军应急速前往。待段凝得知，梁主朱友贞已为我所擒了。"

5. 李存勖听了李嗣源的话，心头豁然开朗，当即命令李嗣源集合人马作为先锋部队，连夜出发，兼程向大梁方向疾进。

184

6. 军至曹州（今山东曹县西北），梁守将开城投降。部下要求稍事休息，李嗣源勉励道："此去大梁只有二百余里了，诸位再加把劲，等到抓住朱友贞再好好休息不迟！"

7. 梁主朱友贞闻得曹州已失，后唐军已抵大梁，急得声泪俱下，急召群臣问计。众大臣疑是神兵突然从天而降，面面相觑，不知如何是好。

8. 百般无奈之下，朱友贞只得命令部属张汉伦飞马北上，追还段凝所率军队。张汉伦到了滑州（今河南滑县东），被黄河阻隔，一时竟不能到达段凝驻军的营地。

9. 大梁城内待援不至，越加惶恐不安。朱友贞令开封尹王瓒守城。王瓒无兵可调，不得已逼迫市民登城守备。

10. 大梁城危如累卵，朱友贞惴惴不安地登上建国门城楼，翘首北望，直至颈酸腰疼，未见援军一兵一卒。情急之下，又挑了一名亲信，重重地赏赐了一番，然后让他穿上粗布破衣，带上蜡诏北上，敦促段凝回军救驾。

11. 那名亲信既已出城，眼见梁朝灭亡在即，不愿再拼死效忠，顾自逃跑了。朱友贞唯有日夜哭泣，再无别计可施。

12. 次日，有急报传到，声言唐军已至城下。朱友贞自料已无生望，下令控鹤都指挥使皇甫麟砍下他的头颅。

13. 皇甫麟无奈，只好奉诏执行。一刀砍下，朱友贞鲜血直喷，倒毙楼侧。皇甫麟也跟着自杀。大梁城不攻自破。

14. 此时，段凝正率兵自滑州往大梁而来，途中遇见李存勖派往招降的李从珂，闻说朱友贞自杀，都城已被唐军占领，不作任何抵抗就投降了。